Meine Erlebnisse nach der Gehirnoperation

Meine „zweite Geburt"!

Jens Bade

2005 - 2008

Die Erlebnisse vor und nach einer Gehirnoperation
und anschließenden Rehabilitationsmaßnahmen

Inhaltsverzeichnis

Dieses Buch ist

meiner lieben Mutter

zum ewigen Andenken

& in herzlicher

Dankbarkeit

gewidmet !

MEINE ERLEBNISSE
NACH DER GEHIRNOPERATION

Warum ich dies schreibe?

Zuerst möchte ich hiermit meinen herzlichen Dank für das **Ärzte – Team,** die mich operierten, aussprechen !!!

Natürlich möchte ich mich auch vor allem bei **meiner Freundin,** die mir sehr, sehr viel Unterstützung, Kraft, Zuversicht, Hoffnung und wieder einen Halt und Sinn im Leben gab, **ganz lieb und herzlich bedanken** !

Sie hat durch ihre Mühe und Liebe zu meiner Genesung ganz außerordentlich beigetragen ! Sie ließ mich wieder hoffen und unterstützte mich vor allem seelisch und moralisch. Sie hat mit mir gelitten und gekämpft !

Ohne sie hätte ich bestimmt nicht solche Erfolge gehabt. Ich habe ihr sehr viel zu verdanken !

Ich weiß ihre Unterstützung, Aufopferung und innige, selbstlose Liebe sehr zu schätzen ! Dies werde ich mein ganzes Leben niemals vergessen. Diese Frau hat mir sehr viel bedeutet, ich habe sie sehr, sehr geliebt !

Herzlich bedanken möchte ich mich auch bei meiner **Mutter Monika Bade**, die mich sehr unterstützte & an mich glaubte, mich niemals aufgab (!), ihren **Lebensgefährten Heinz Werner**, dessen **Sohn Uwe Werner**, meiner **jüngeren Schwester Annett** & **Ehemann Kirsten Wendler**, meiner **älteren Schwester Steffi** & **Ehemann Uwe Rothenberger**, meiner **Cousine Angelika** & **Ehemann Joachim Schneider**, meiner **Tante Brigitte** & **Ehemann Dieter Kühne**, der **Mutti meines Sohnes**, meinen **Klassenkameraden, Ute Neubert, Ulrike Pirch, Jan Eckoldt, Jörg Prange, Steffen Naumann, Freunden, Arbeitskollegen** & vielen anderen !
Bedanken möchte ich mich auch bei den vielen **Therapeuten** in der **Rehabilitationsklinik Bavaria Kreischa**, die mich wieder „aufbauten".

Ich möchte auch der **Physiotherapeutin Frau Ziecke** danken, die mich, als ich von der Rehabilitation entlassen wurde, per Hausbesuch physiotherapeutisch betreute.

Auch gilt mein ganz besonderer, herzlicher Dank meiner **Physiotherapeutin Katja Schubert**, die **seit dem 8. 1. 2004** (nunmehr über 4 Jahre !) meine ambulante Therapie unter anderem zur Koordination, Muskelaufbau, Balance bzw. Gleichgewicht durchführte und meine Fortschritte **ganz wesentlich vorantrieb.**

Zum Zweiten, um das Erlebte zu verarbeiten.

Drittens, damit **mein Sohn Julian Erik** und meine Familie wissen, wie ich alles erlebte.

Und Viertens, vor allem, um anderen Mut zu machen !

- Vorgeschichte -

Zu der Vorgeschichte:
Seitdem ich denken kann – schon als Kind – litt ich unter schlimmen, lästigen Kopfschmerzen. Ich ging öfters zu Ärzten. Man machte Blutbilder, EKG und ich musste Urin abgeben. Man fand nichts.
Man schob alles auf den Stress....
So habe ich mich jahrelang mit Kopfschmerzen gequält !
In der Schulzeit litt ich am schlimmsten. Wenn mich Kopfschmerzen peinigten, konnte ich nur mit sehr großer Mühe dem Unterricht folgen. Besonders in der 6. und 7. Stunde war es sehr anstrengend !
Vielleicht war das auch ein Grund, weshalb mich das Lernen sehr anstrengte? In den Pausenzeiten kühlte ich im Waschraum meine Stirn, Schläfen und den Puls, um mir wenigstens etwas Linderung zu verschaffen. Mein ständiger Begleiter war „KO-KO" (Pfefferminzöl), oder „Tigerbalsam" (im Volksmund auch „Fitschisalbe" genannt), die es zu DDR-Zeiten gab.

Damit rieb ich mir die Schläfen und Stirn ein. Ganz, ganz wenig nahm ich Schmerzmittel, wie z. B. „Analgin", „Fibrex" oder „Spalt". Denn von Tabletten halte ich nicht viel, denn sie stillen zwar den Schmerz, bekämpfen meistens aber die Ursachen nicht. Außerdem belasten sie den Magen und zu viel Chemie ist auch nicht gut für den Körper.

Als ich meine Berufslehre begann, setzte sich das „Elend" fort. Im Betrieb – in dem ich jetzt deutlich über **20 Jahre** (!) dabei bin, hatte ich auch sehr, sehr oft schlimme Kopfschmerzen und Migräneattacken. Als ich zum Feierabend duschte, fragte mich mein Meister einmal, ob ich mich geschnitten hätte. Weil ich plötzliches Nasenbluten hatte und ich es nicht gleich merkte. Unter dem Wasserstrahl der Dusche sah ich wohl wie ein „Fleischer" aus.

Zuletzt arbeitete ich als Vorarbeiter im Siebdruck. Mir war immer öfter schlecht, aber ich versuchte, so gut wie möglich den Schmerz zu unterdrücken, ihn zu bekämpfen oder halt damit umzugehen. Ich vertraute ja den

Ärzten ! Zuletzt hatte ich nach Arbeitsende Halluzinationen und Wahnvorstellungen. So zum Beispiel fragte ich meine Freunde oder Familie des öfteren, ob es nach Farbe riecht. Dies verneinten sie natürlich. Als ich gelbe Rapsfelder sah, wurde mir „spei – übel". Ich bekam Gänsehaut, mir wurde schwindelig, ganz schlecht und ich musste mich setzen und frische Luft atmen.

Als mein Zustand nicht mehr ertragbar war, ging ich erneut zu meiner Hausärztin. Diese schickte mich (**endlich !**) zur MRT (Magnet-Resonanz-Therapie, auch MagnetResonanz-Tomographie genannt).

Im Krankenhaus machte man eine Magnet-resonanztherapie, erst ohne und dann mit Kontrastmittelspritzung in die Armvene. Dann stellte man am **10. 12. 2002** die schlimme Diagnose, die mein ganzes Leben gewaltig verändern sollte. Man sagte mir, dass ich „einen Gehirntumor habe, der schon sehr groß ist – wie ein Hühnerei - und ich mich umgehend bei meinem Hausarzt melden solle". Was ich natürlich sofort tat.

An anderer Stelle im Körper ist ein Tumor auch sehr schlimm, aber ausgerechnet im Kopf, im Gehirn, das die „Schaltzentrale" ist…! Was aber am schlimmsten ist, im Stammhirn und dann noch so groß ! Aber wenigstens habe ich das Glück, dass es gutartig ist…

Man schickte mich mit den Röntgenbildern wieder nach Hause. Man sagte mir – vielleicht um mich zu beruhigen – „man kann auch mit einem Tumor sehr alt werden und es gibt viele Menschen, die wissen gar nicht, dass sie einen Tumor in sich tragen".

Da ich zum Glück einen Digitalfotoapparat habe, fotografierte ich die Röntgenaufnahmen ab.

(Die Bilder sieht man auf den letzten Seiten dieser Aufzeichnung.)

Zuvor musste ich aber auf meiner Arbeitsstelle mitteilen, dass ich dringend zum Arzt muss. Ich weiß es noch wie heute. Ich sagte meinem Meister früh in der Umkleide, dass ich einen gutartigen Gehirntumor habe, der umgehend operativ entfernt werden müsse. Ich meinte noch, „dass es schon nicht so schlimm sei und das man den Kopf „aufmache und den Tumor – ganz unkompliziert – entfernt." Natürlich war das zu sehr optimistisch, „blauäugig" und sehr naiv !

Als ich danach zu meiner Hausärztin ging, sagte sie: „**Herr Bade**, sie müssen schnellstens ins Krankenhaus. Sie haben einen vermutlich gutartigen Hirntumor, der schon sehr groß ist (**Hühnereigröße !**) und zu allem Unglück noch im Stammhirn sitzt. Das ist eine **sehr ungünstige Lage**. Sie müssen schnellstens operiert werden !" Sie schrieb mich gleich am **11. 12. 2002** krank und wies mich ins Krankenhaus ein.

Meine Familie, Freunde und ich waren total geschockt !

Also packte ich für die Einweisung ins Krankenhaus meine Tasche. Obwohl meine Hausärztin einen Aufnahme – Termin im Krankenhaus vereinbart hatte, schickte man mich mit gepackter Tasche und deshalb sehr verärgert und verwundert wieder nach Hause. Denn im Krankenhaus wusste man (angeblich) von nichts. Also musste ich wieder heim….

Einige Tage später, am Abend, war mir total übel. Ich hatte sehr starke Kopfschmerzen ! Ich hatte das Gefühl, als treten meine Augen heraus und der Kopf würde zerbersten, hatte Brechreiz und dachte, ich müsse jetzt sterben. Ich legte mich hin, konnte aber weder ruhen, geschweige denn schlafen. Probierte alles aus, womit ich bisher versuchte, meine Kopf-schmerzen zu bekämpfen, oder wenigstens zu lindern....

So zum Beispiel verdunkelte ich das Zimmer, öffnete das Fenster ganz weit, rieb mir die Stirn und Schläfen mit Pfefferminzöl ein - vergebens. Ich lies eiskaltes Wasser über mei-nen Puls, Stirn und Schläfen laufen und wusch mir mehrmals das Gesicht. Ich zwang mir regelrecht Mineralwasser rein, legte einen kalten Waschlappen auf die Augen und Stirn, roch an einem Riechstift. Alles half nichts.

Meine Nachbarin war nicht da, also war ich alleine im Haus. Außerdem war es schon weit nach Mitternacht. Bevor ich meine Mutter und ihren Lebensgefährten – sie wohnen in Bannewitz – anrufen wollte, wollte ich so lange wie möglich warten. Damit sie nicht mitten in der Nacht gestört werden.

Als es dann gar nicht mehr ging, rief ich sie an und sagte, dass es mir ganz schlecht geht und ich das Gefühl habe, mein Kopf werde platzen, die Augen treten heraus und ich werde gleich sterben. Zum Glück reagierten sie sofort - **wofür ich sehr, sehr dankbar bin !** - und kamen sofort zu mir nach Grumbach gefahren.

Von mir aus riefen sie den Notarzt an. Es war Samstag, der **4. 1. 2003**. Ich war nicht mehr in der Lage dazu. Der Notarzt kam recht schnell aus Dippoldiswalde. Meine Mutter sagte, ca. 20 Minuten habe er gebraucht. Als der Notarzt ankam, lag ich fast schon apathisch in meinem Wohnzimmer auf dem Sofa. Sie überprüften meine Reflexe. Man machte mich noch vorm Haus transportfertig und gab mir ein Mittel gegen die unerträglichen Schmerzen. Meine Mutter meinte, dass sie mich mit Blaulicht gefahren haben.

Dann kam ich erst wieder im Krankenhaus in der Notaufnahme zu mir.

Ich wurde in den nächsten Tagen mehrmals gründlich untersucht, bevor man sich zur ersten Operation entschied. Am **6. 1. 2003** wurde eine so genannte **Gefäß-Untersuchung** (Röntgen mit Kontrastmittelspritzung) gemacht. Diese lief ungefähr so ab: Zuerst führte man mit mir ein sehr informatives Aufklärungsgespräch. Dann gab man mir eine Beruhigungsspritze und führte eine Art Sonde in der rechten Leistengegend ein. Man schob die Sonde in meiner Vene bis hoch zum Kopf.

Das mag sehr schmerzhaft klingen, doch es tat überhaupt nicht weh ! Ganz bestimmt lag es an der Spritze… Die Ärzte schauten alles auf einem Monitor an.

Als die Sonde im Halsbereich angekommen war, hatte ich Geschmackswahrnehmungen. Wie zum Beispiel süß. Die Ärzte meinten, dies sei völlig normal. Im Kopf angekommen, sah ich Sterne, oder helle Punkte, eine Art Aufblitzen, aber auch das sei ganz normal, betonte man.

Das gesamte Team arbeitete hervorragend ! Man ging sehr behutsam vor, machte kleine Späßchen – wohl um abzulenken - und nahm mit sehr viel Kompetenz, Einfühlungsvermögen, Freundlichkeit und viel Fachwissen die Erwartungsangst.

Meine **erste Gehirnoperation** - ich wurde 2 x operiert – war am **16. 1. 2003** und die **zweite Operation** war am **1. 7. 2003**.

Man musste mich zweimal operieren, weil man den Tumor – ein so genanntes **Tentorium-Meningeom** - nicht bei der ersten Operation vollständig entfernen konnte. Die Ärzte meinten, sie seien an meine und auch an ihre Grenzen gegangen. Später nach den zwei Operationen wurde erneut ein MRT (Magnetresonanztherapie) und CT (Computertomografie) gemacht.

Da man (leider) auch durch die 2. Operation den Resttumor nicht vollständig entfernen konnte, um nicht – ich zitiere: „zu großen Schaden zu machen", bestrahlte man mich noch. Ich bekam noch vom **16. 10. 2003 bis 4. 12. 2003** 27 x **Strahlentherapie**, 2.0 Gy

(Gray) Einzeldosis, 54.00 Gy Gesamtdosis (100 % - Isodose).

Nach der Bestrahlung, machte man ein Kontroll–MRT, wie die Bestrahlung angeschlagen hat. Größtes Ziel der Bestrahlung wäre gewesen, dass man den Resttumor ein– oder vertrocknet. Dies gelang leider nicht.

Aber man hatte einen Teilerfolg !

Durch die Bestrahlung konnte immerhin ein Wachstum verhindert werden. So dass aber immer noch ein kleiner Teil, ein Resttumor, in meinem Kopf ist. Aber die Ärzte meinten, es sei nicht weiter schlimm und es mache nichts ! Wobei ich denke, dass dies wohl relativ ist….

Von der ersten OP weiß ich nur noch, wie man mich zur Narkose fertig machte.

Meine Mutter meinte später, dass die Operation **15** (!) **Stunden** gedauert hat. Und dass man mir 4 Blutkonserven á ca. 400 ml gegeben hatte. Somit habe ich vermutlich 1600 ml bekommen.

Jetzt stehe ich unter ärztlicher Kontrolle. Anfangs machte man ein Kontroll – MRT aller halben Jahre, nun verlängerte man bereits den Abstand auf 1 x jährlich.

Es ist eine **enorme Leistung von den Ärzten**, wenn man überlegt, dass es Mikrochirurgie ist und sie sich voll konzentrieren müssen. Dabei geht es nicht „nur" um Millimeter, sondern Zehntel !

Es war ein sehr schwieriger Eingriff.

Nach der ersten Operation lag ich noch sehr lange, (**3 Wochen !**) auf der **Intensivstation** – nicht zu verwechseln mit dem Aufwachraum, wo man nach jeder Operation hinkommt. Mein Leben hing regelrecht „an einem seidenen Faden" !

- „Zweite Geburt" -

Es war wie eine Art „zweite Geburt" !

Meine Mutter erzählte mir später, dass sie, als sie mich gleich nach der Operation das erste Mal besuchte, über meinen Zustand sehr erschrocken war. Sie fragte den Arzt ganz entsetzt: „ob das denn wieder werde". Daraufhin sagte der Arzt: „Seien sie froh, **Frau**

Bade, dass ihr Sohn überhaupt noch lebt, nachdem was er durchgemacht hat !".

Mir ging es sehr, sehr schlecht ! Ich konnte mich fast nicht bewegen. So dass man mir auf meinen Finger eine Notklingel klemmte, da ich ja nicht in der Lage war, mich zu bewegen. Zum Glück brauchte ich diesen Knopf nicht. Ich weiß nicht mehr viel. Aber ich war ständig müde, wollte nur schlafen und träumte sehr viel und intensiv.

Nach endlos erscheinender Zeit, brachte man mich mit dem Krankentransport nach Kreischa in die Rehabilitationsklinik.
Dort „baute" man mich wieder auf.

Oft habe ich nachgedacht, wie es jetzt wohl weitergeht, dass es ein ganz großes Unglück ist, jetzt in so einem „miserablen" Zustand zu sein ! Mir schoss durch den Kopf, was wäre, wenn ich immer ans Bett gefesselt bin oder bis zu meinem Lebensende im Rollstuhl sitzen muss und auf fremde Hilfe angewiesen wäre !? Ich bin doch noch so jung mit 35 Jahren !

So hatte ich unter anderem zur ersten Rehabilitation, (ich war 2 x zur Reha) folgende Therapien: Sprechtherapie, Frühstückstraining, Ergotherapie, Handkurbel, Inhalieren, Krankengymnastik, Orthoptik und Neuropsychologie.

Anfangs konnte ich nur im Pflegerollstuhl (er ist kompakter und hat eine hohe Lehne) sitzen. Man hatte mir seit der ersten Operation einen Blasenkatheder gelegt.

Dass man nun auf fremde Hilfe angewiesen ist, war sehr hart und deprimierend !

Zu allem Unglück hatte ich noch durch die erste Operation in der rechten Wade eine tiefe Venen - Thrombose bekommen. Ich hätte mich selber spritzen müssen, doch meine Grob– und Feinmotorik war in der rechten Hand ganz wesentlich gestört. Ich musste regelrecht wieder Schreiben lernen. Also spritzten mich die Pfleger bzw. Schwestern täglich mit 0,6 ml Fraxiparin in die Bauch-decke. Diese Spritzen bekam ich ein halbes Jahr lang, also bis zum 04. 08. 2003.

Später kam ein „normaler" (einfacher) Rollstuhl hinzu. Anfangs konnte ich ihn nur mit den Armen und Händen bewegen. Der nächste große Schritt war, als die Beine dazu kamen. Einmal sagte ein Sporttherapeut: „Jetzt kommt der schnellste Läufer der Station".
Das spornte mich natürlich zusätzlich an !
Ein weiterer – für mich ganz großer Schritt – war, als ich an einem Rollator, eine Gehhilfe, gehen konnte. Es ist eine Art Mittelding zum Rollstuhl. Das Gefährt musste man vor sich herschieben und hatte somit guten Halt, wenn man noch sehr wacklig auf den Beinen ist. Der Rollator hat zwei Räder, wie einen Fahrradlenker mit einer Handbremse und eine Feststellbremse, wenn man „parken" muss. Vorn ist noch ein Korb angebracht, wo man seine Utensilien hineinlegen konnte. Ich habe oftmals meine Trainingsjacke, Handtuch und ganz wichtig – meinen Therapie-

plan – hineingetan. Vor dem Lenker ist noch eine Art Sitzbrett angebracht.

Als man mir den Rollator überreichte, sagte man, dass man sich draufsetzen könne, wenn man ganz schwach ist und es gar nicht mehr geht. Zum Glück brauchte ich diesen Sitz nie.

Da ich noch den Blasenkatheder trug, musste der Urinbeutel vorerst an meinem Bein befestigt werden.

Dann war es endlich soweit, ich habe die ersten freihändigen, zaghaften und wackligen Gehversuche mit meinem Sporttherapeuten gemacht. Es war ganz schön schwierig! Dann musste ich Treppensteigen lernen. Anfangs mit Festhalten am Geländer, später ohne mich festzuhalten. Einmal als ich mit meinem Krankentherapeuten übte und regelrecht kämpfte, kam mein Sporttherapeut vorbei und meinte: „Wenn sie nur alle so wären!".

Das machte mich natürlich ein bisschen stolz! Man brachte mir dann auch viel später das Rennen bei.

Ich habe Korbball gespielt, um meine Koordination, Reflexe, Grob– und – Feinmotorik zu schulen. Auch war ich oft im MTT (**Me**-dizinische **T**rainings**t**herapie / Krafttraining), auch wenn es nicht auf meinem Therapieplan stand. In meiner kostbaren Freizeit oder wenn (sehr selten) Ausfallstunden waren, suchte ich das MTT auf.

Auch dies hat wohl wesentlich zu meinen großen Fortschritten beigetragen.

- Wiedereingliederung -

Als ich einige Zeit wieder zu Hause war, hatte ich eine stufenweise Wiedereingliederung (Arbeiten) in meiner Firma. Mit Beginn am 1. 4. 2004 bis 30. 4. 2004 für 4 Wochen täglich 3 Stunden, von 9 bis 12.00 Uhr und vom 3. 5. 2004 bis 26. 5. 2004 für 4 Wochen täglich 4 Stunden, von 9 bis 13.00 Uhr.

Mich strengte natürlich die Arbeit sehr an. Doch ich schaffte die an mich gestellten Anforderungen, wie mein Meister und auch der Vorarbeiter bestätigten !

Sicherlich war ich aber nicht der Schnellste. Doch, wie gesagt, erledigte ich alle Aufträge ordnungsgemäß und pünktlich.

Nur Aufträge an der Glasbohrmaschine und die Arbeit im Siebdruck strengte mich sehr, sehr an. Auch gab es dabei **keinerlei gefährliche Momente oder Situationen !**

Das ist nämlich in der Glasbranche – wo ich tätig bin – nicht selbstverständlich ! Denn es haben schon gesunde / „normale" Leute sehr aufzupassen !

- wichtige Termine -

Der Vollständigkeit halber möchte ich nun noch folgende wichtige, einschneidende Termine erwähnen:

1. Gehirnoperation, Tentorium-Meningeom (**gutartiger** Gehirntumor) 16. 1. 2003

2. Gehirnoperation, Tentorium-Meningeom (**gutartiger** Gehirntumor) 1. 7. 2003

1. Aufenthalt, in der **Klinik Bavaria Kreischa**
vom 4. 2. 2003 - 22. 4. 2003

2. Aufenthalt, in der **Klinik Bavaria Kreischa**
vom 23. 7. 2003 - 20. 8. 2003
(mit Belastungstest in Theisewitz)

tiefe Venenthrombose in rechter Wade,
seit 4. 2. 2003

gegen Thrombose mit 0,6 ml Fraxiparin in
Bauch spritzen,
bis 4. 8. 2003

27 x Strahlentherapie, 2.0 Gy (Gray) Einzeldosis,
54.00 Gy Gesamtdosis (100 % - Isodose)
vom 16. 10. 2003 bis 4. 12. 2003

Erste Augenmuskel – OP (rechtes Auge)
31. 7. 2007

Zweite Augenmuskel – OP (rechtes Auge)
29. 11. 2007

- Einschränkungen -

Einschränkungen seit der 1. Operation, vom
16. 1. 2003
(Kurzbefund von der Physiotherapie):

Sprachstörung
wesentlich größere Lichtempfindlichkeit
Gefühl, als wäre linkes Nasenloch „zu" - obwohl es „offen" ist, verstärkte Sekretabsonde-
rung linkes Nasenloch
Ohrgeräusche links, besonders wenn ich liege
Augenmuskellähmung links, laut Augenarzt
→ aber: rechtes Auge „blickt" manchmal
nach oben und ist „träge"
Schwerbehinderung (GdB, Grad der Behin-
derung), Stufe G 60 %
Sensibilitätsstörung gesamte linke Vorder -
und Rückseite, z. B.: Wärme - und Kälte-
empfinden herabgesetzt im Vergleich zur
rechten Seite, zum Teil gar kein Empfinden
Einschränkung in der Fein - und Grobmoto-
rik der rechten Hand bzw. dem rechten Arm,
z. B.: beim Greifen, Fangen, Schreiben und
so weiter

HWS (Halswirbelsäule) - Einschränkung in
der Rotation nach rechts, sowie Seitneige
Krepitationen bei Rotation der HWS
fehlende Kopfsymmetrie in allen Ausgangs-
stellungen → muskuläre Dysbalancen
Stabilität im Stand und Gang gemindert,
durch muskuläre Defizite und herabgesetzte
Gleichgewichtsreaktionen → besonders auf-
fällig auf unterschiedlichen Bodenbeschaf-
fenheiten z. B.: Kies, Schaumgummi
Koordinationsschwäche
vermehrte, schnell auftretende Schweißsekre-
tion

- erste Untersuchung der LVA -

Aber ich bin sicher, dass sich mein Zustand
noch weiter verbessern wird. Es braucht halt
nur sehr viel Zeit und ich muss weiter fleißig
üben und kämpfen.
Dies bestätigte auch der **Arzt Herr Dr. Bagelmann**, als ich im Krankenhaus - von der

LVA veranlasst – eine erste Untersuchung hatte.

Seine Worte:
„Sie haben Glück im Unglück, dass der Tumor gutartig war, sie eine Kämpfernatur und noch jung an Jahren sind !"

Gut, dass ich mir alles von der Untersuchung aufschrieb ....
Hier nun die Notizen:
Notizen der Untersuchung & des Gespräches durch die LVA (erste Untersuchung durch die LVA),
am 23. September 2004 im Krankenhaus, bei Herrn Dr. Bagelmann:

Die Untersuchung dauerte von 10.00 Uhr bis 11.50 Uhr.
Der Arzt war sehr erstaunt über meine gute Verfassung nach diesem schweren Eingriff innerhalb „so kurzer" Zeit !
Er meinte noch, wenn ich schon in dieser relativ „kurzen" Zeit so große Fortschritte gemacht habe, ist mit **weiteren „Erfolgen"** zu

rechnen. Allerdings werden diese sicher nicht mehr so „groß" ausfallen und ich müsse mehr Anstrengungen aufbringen.

Er staunte auch, dass ich wieder Auto fahren kann und darf.

Als er mich untersuchte, hat er gemerkt, dass ich früher mal Sport getrieben habe. Ich erzählte, dass ich mal im DTSB (Deutscher Turn und Sport - Bund) war und Leichtathletik betrieben habe. Jetzt regelmäßig Sport betreibe und nun zum Beispiel Liegestütze mache. Als ich erwähnte, dass ich momentan 40 Liegestütze schaffe, staunte er sehr und meinte, „es wären sehr viel".

Da sagte ich, dass ich sie aber gerade so schaffe und sehr lange trainiert habe. Da sagte er: „Aber trotzdem !"

Mein Blutdruck war 120 und der Arzt meinte, dies sei gut.

Ich musste unter anderem einen Test machen, wo ein Holzbrett an der Wand hing & eine Schraube rausguckte, dort musste ich auf Zeit die Mutter einmal mit der rechten, dann mit der linken Hand drauf drehen. Mit der rechten Hand war ich - wie zu erwarten -

wesentlich schlechter ! Auch ist mir die Mutter 2 oder gar 3 x runtergefallen. (rechte Hand) Die gemessene Zeit betrug 25 sec. Mit der linken Hand war ich wesentlich schneller und die Schraubenmutter ist mir nicht runter gefallen. Beim ersten Durchgang waren es 8 sec., beim zweiten Durchgang waren es nur 7 Sekunden !

Der Arzt staunte und meinte, es wäre eine sehr gute Zeit - ich wäre sogar besser als er. (Obwohl er gesund ist und dieses oft übt – wie er sagte !)

Er fragte mich, ob ich so genannte Déja-vu-Erlebnisse (das Gefühl, etwas schon einmal erlebt zu haben) vor den Operationen hatte. Als ich das bejahte und meinte, dass ich so etwas öfters hatte, meinte er, es waren bestimmt schon Anfälle ! Das Gehirn reagiert dann so.

Ich hatte kühle Hände. Da fragte er mich, ob ich schon immer kühle Hände gehabt hätte. Dies bejahte ich.

Er meinte, als ich das Ärztliche Gutachten vom Arbeitsamt erwähnte, dass das von der LVA Vorrang hat.

Er sagte unter anderem, wenn ich nicht wieder in meinem Betrieb arbeiten kann oder eine Umsetzung nicht möglich ist, eventuell eine Umschulung für mich in Frage käme. Da ich noch zu jung bin, um Rente zu beziehen.

Ich erwähnte auch, dass ich durch die OPs auf der ganzen linken Seite kein Temperaturempfinden mehr habe, mit der Sprache noch Einschränkungen habe, wenn ich mit der rechten Hand volle Gläser oder Tassen / Teller tragen muss.

Das Treppensteigen aufwärts besser geht als abwärts und dass es besser geht, wenn ich die Hand am Geländer habe oder aber freihändig, dann aber die Hand nicht am Geländer, aber griffbereit halte, so dass die Reflexe (zur Sicherheit) da wären.

Schiefhalten des Kopfes nach unten links

Wahrnehmungsfähigkeit am linken Ohr deutlich gemindert gegenüber rechts

Rechtes Auge träger als linkes, muss es gewissermaßen „Scharfstellen" (obwohl der Augenarzt meint, Sehfeld und Sehschärfe wären gut, ich würde durch Schiefhalten des Kopfes wohl Doppelbilder ausgleichen)

Ich sagte auch, dass beim Schuhanziehen es besser geht, wenn ich mich festhalte. Er meinte: „Das glaubt er wohl".

Ich sagte, dass die erste OP extrem war und ich 3 Wochen auf der Intensivstation war. Bei der zweiten Operation habe ich die Intensivstation „übersprungen" und bin gleich auf die Aufwachstation (wo man nach der Narkose hinkommt) hingekommen. Als ich nach der zweiten OP aus der Narkose aufwachte, habe ich (**noch bevor Reflex - Tests gemacht wurden,** ob und was ich bewegen kann !) gefragt: „Und sie sind Frau Prof. Dr. …?" (die mich operiert hat) Da haben sie sich gewundert und sehr gefreut ! Daraufhin hat heute der Arzt von der LVA gemeint: „das glaubt er gerne, dass man sich gefreut und gewundert hat !"

Er hat Kopien vom Einschränkungsbogen, von der Physiotherapeutin, Arztbefunde, dem aktuellen MRT – Befund und dem ärztlichen Gutachten vom Arbeitsamt gemacht.

Nachfolgend sieht man einen Therapieplan. Eigentlich musste man ihn zur jeweiligen Therapie signieren lassen und abgeben. Da aber eine Änderung eintrat und ein neuer ausgedruckt wurde, durfte ich mir dieses Exemplar als Andenken behalten.

- Therapieplan vom Reha.- Zentrum -

Klinik I/II — Behandlungsplan - Patient — Seite: 1, Druck: 27.02.2003

Name: Jens Bade — Patient-Nr: 4039335 — Aufenthalt: 18:02.2003 - 1.04.2003
Ort: T2 Neurologie 21 — Geb. Datum: 7.11.1968 — Untern./Zimmer: 00225 b 4267 — 2. Behandlungswoche

Zeit	Montag 24.03.03	Dienstag 25.03.03	Mittwoch	Donnerstag	Freitag	Samstag 01.03.03
06:00 / 06:30	Pflege 06:30	Pflege 06:30	Pflege 06:30	Pflege 06:30	Pflege 06:30	Pflege 06:30
07:00	Pflege					
08:00	08:00 Plischke Station Frühmob-Training	08:00 Plischke Station Frühmob-Katra..bkg	08:00 Plischke Station Frühmob-Training		08:00 ??? ...	
09:00	09:00 Theune E5/5312 Inhalieren (25 min) 09:30 Plischke E4/4260 Ergotherapie	09:00 Bad: 9 E2/2338 Inhalieren E4/4260 09:30 Plischke E4/4260 Ergotherapie	09:30 Plischke E4/4260 Ergotherapie	09:00 Bad: 9 Inhalieren	09:00 Bad: 9 E2/2338 Inhalieren 09:30 Pat.Zimmer Visite	
10:00	10:45 Thieme E2/2201 Handbuhtel		10:30 Dietzsch K1:2 E4/4202 Orthoprik mit Brille			
11:00 / 11:30	Pflege 11:30	..Pflege.. 11:30	11:00 Theune E5/5312 NBeych (25 min) 11:30 Pflege	11:30 Pflege	1:30 Theune Inhalieren E5/5312 NBeych (25 min) 11:30 Pflege	Pflege 11:30
12:00			Pflege			
13:00			13:45 Scholz E5/5340 NBeych (75 min)			
14:00	14:00 Plagemeyer K1:2 E5/5314 Sprechtherapie		14:15 Plagemeyer K1:2 E5/5314 Sprechtherapie		1:15 Plagemeyer Pat.Zimmer Sprechtherapie	
15:00	15:00 Gärtner E4/4239 Krankengymnastik	15:00 Gärtner E4/4239 Krankengymnastik	15:00 Gärtner E4/4239 Krankengymnastik	15:00 Gärtner E4/4239 Krankengymnastik	15:00 Gärtner E4/4239 Krankengymnastik	

- Fortsetzung auf Seite: 2 -

- erstes Röntgenbild vom Tumor -

Die ersten Röntgenaufnahmen von meinem Gehirntumor (mit Kontrastmittelspritzung), (10. 12. 2002):

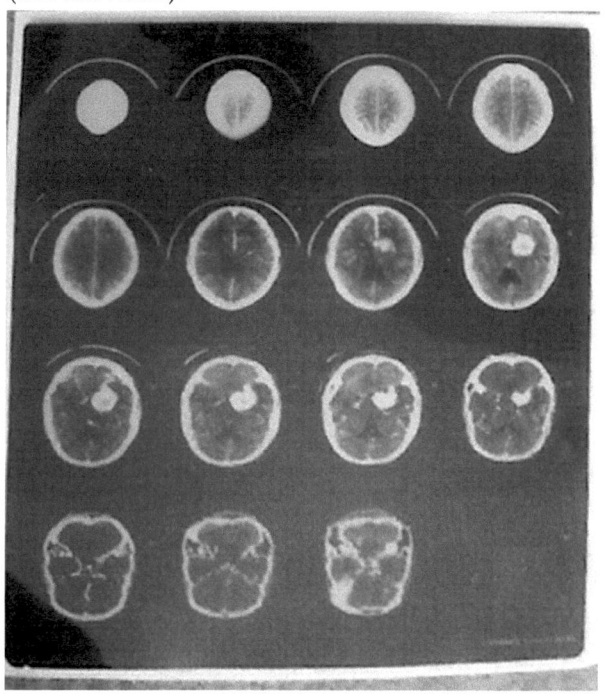

Hier noch einige Bilder vom Krankenhaus, nach der Operation und in der Rehabilitationsklinik.

Manch einer wird die Fotos vielleicht für pietätlos und geschmacklos halten. Doch es war mein ausdrücklicher Wunsch, dass sie gemacht wurden.

Ich bin meiner Mutter sehr dankbar, dass sie die Fotos gemacht hat!

Denn nur so kann ich nachvollziehen, wie schlimm mein Zustand war.

Außerdem wird es wohl einmal für meinen Sohn interessant sein, diese Dokumentation zu sehen.

-Bilder im Krankenhaus, nach der ersten OP –

nach meiner ersten Operation: Ende 2. Woche im Januar 2003

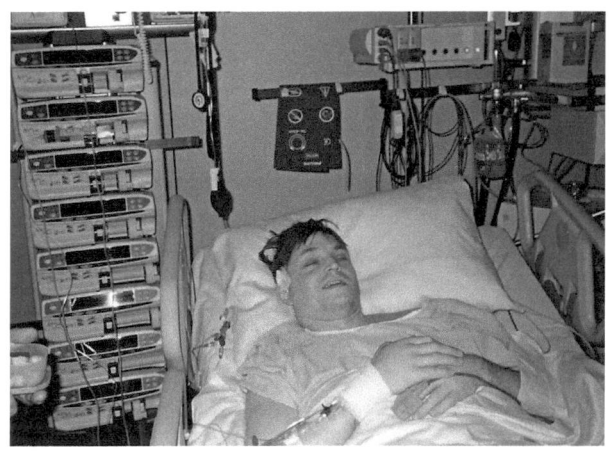

nach meiner ersten Operation:
Februar 2003

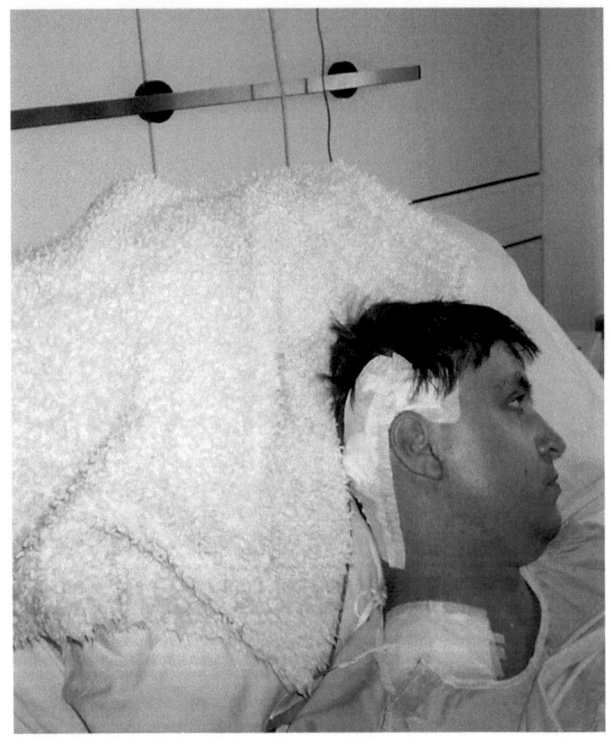

- Bilder im Reha.-Zentrum -

im Pflegerollstuhl, zur Rehabilitation in Kreischa: Februar 2003

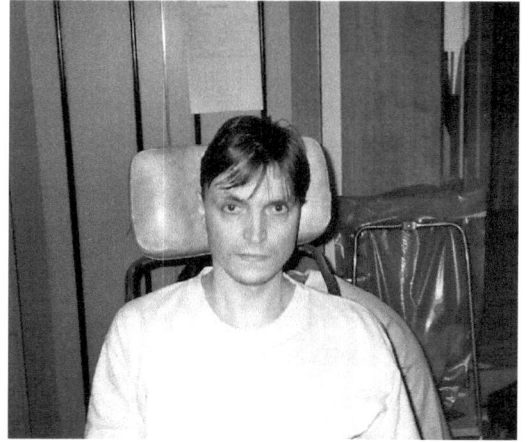

im „normalen" Rollstuhl, zur Rehabilitation in Kreischa: April 2003

- Bilder im Krankenhaus, nach der 2. OP & 2. Reha. -

Auch nach meiner ersten Operation in Kreischa:
(**Nur 2 Tage danach !**) 03. 07. 2003

am Rollator, zur Rehabilitation in Kreischa:
März/April 2003

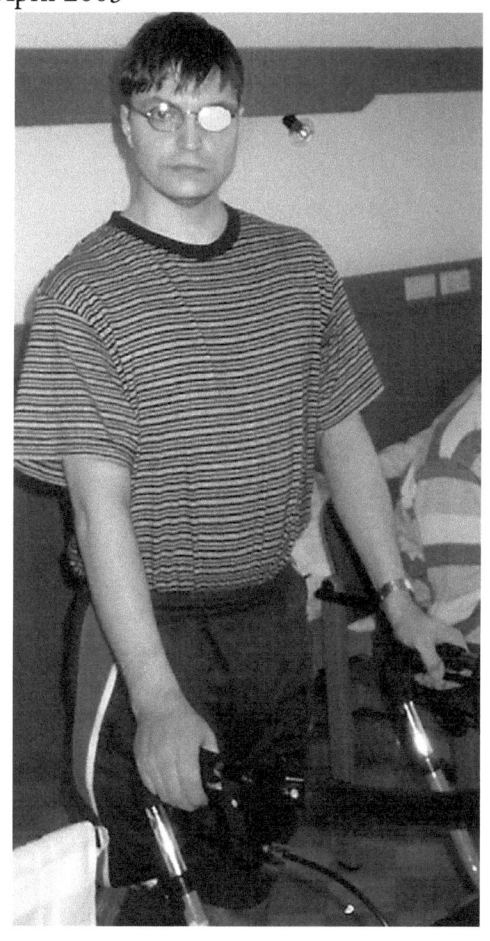

Gehversuche mit meinem Therapeuten für Krankengymnastik
Lars Gärtner, zur Rehabilitation in Kreischa: März 2003

Hier noch ein Foto von meinem Zimmerge-
fährten **Horst Neumann** in der Bavaria Klinik Kreischa, den ich als guten Menschen
und Freund kennen gelernt habe und zu
schätzen wusste !
Leider ist er verstorben. Er hatte einen inope-
rablen Tumor. Zu allem Unglück befand er
sich noch in der Schläfengegend.
Dass ich hier dieses Foto zeige, ist als gute
Erinnerung gedacht. Ich bin fest überzeugt,
dass es in seinem Sinne gewesen wäre, dass
ich ihn hier zeige !

August 2003:

Nachfolgend sieht man den Prospekt meiner Physiotherapie, welchen ich mit freundlicher Genehmigung in den Computer einscannte, um ihn hier abzudrucken. Rechts ist meine Therapeutin Frau **Katja Schubert**.

Hier noch eine aktuelle Berichtigung: Im Prospekt der Physiotherapie muss es statt „Brunnenweg 14" <u>nun</u> „**Kirchblick 7**" heißen.

In unserer Praxis für Physiotherapie erwartet Sie ein junges, qualifiziertes Team. In halbstündigen Behandlungen nehmen wir uns Zeit für Sie und bei entsprechender Verordnung kommen wir natürlich gern zum Hausbesuch.

Unsere Therapiemöglichkeiten

Krankengymnastik

Entsprechend Ihres Krankheitsbildes abgestimmte Übungen zur Schmerzlinderung, Kräftigung und Dehnung von Muskeln und Förderung der Beweglichkeit.

Manuelle Therapie

Behebung von Funktionsstörungen aller Gelenke und Muskeln der Wirbelsäule sowie der Extremitäten

Bobath für Erwachsene und PNF

Wiederherstellen und Erhalten von Bewegungsabläufen und Funktionen nach einer Schädigung des Gehirns.

Traktion/Schlingentisch

Behandlung unter Abnahme der Eigenschwere des Körpers, zur Schmerzlinderung, Entlastung und Beweglichkeitsverbesserung

Gruppentherapie

Wirbelsäulengymnastik, Rückenschule für Kinder und Erwachsene, Seniorengymnastik

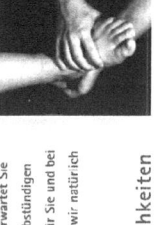

Massagen

- klassische Massage
- Bindegewebsmassage
- Periostmassage
- Segmentmassage
- Zentrifugalmassage

Zur Lockerung von Verspannungen, Schmerzlinderung, Durchblutungsförderung sowie Einflussnahme auf Organtätigkeit

- Colon-Massage

Zur Anregung der Darmtätigkeit

Manuelle Lymphdrainage und Komplexe Entstauungstherapie

Zum Abbau von Gewebeschwellungen und Abtransport von Wassereinlagerungen (Kompressionsverband möglich)

Fußreflexzonentherapie

Behandlung von Reflexzonen der Füße, um Organe und Körperfunktionen zu beeinflussen.

Elektrotherapie/Ultraschall

Zur Schmerzlinderung, Durchblutungsförderung und Muskelstimulation

Kältetherapie

Zur Schmerzlinderung, Schwellungsreduktion und Muskelstimulation, auch als Vor- und Nachbereitung

Wärmetherapie:

Fango, Rotlicht, Heiße Rolle

Zum Lösen von Verspannungen, Förderung der Durchblutung und Schmerzlinderung, auch als Vor- und Nachbereitung

- Beurteilung des Krankenhaus-aufenthaltes -

Als ich im Krankenhaus war, machte ich mir Notizen, um einerseits meine Zufriedenheit aus-zudrücken und andererseits auf Mängel hinzu-weisen. Mir ist bewusst, dass es ein Kranken-haus, eine sehr große Einrichtung und mitnichten ein Hotel ist ! Ich will auch nicht als pingelig oder nörgelig erscheinen. Doch ich finde, einige Zustände müssen dringend abge-stellt werden ! Deswegen und weil man um eine Beurteilung bat, machte ich mir diese Notizen. Später, als es meine Lage halbwegs zuließ, schickte ich die Beurteilung über meinen Kran-kenhausaufenthalt an das Qualitätsmanagement des Krankenhauses.
Nachfolgend sind meine Schilderungen aufge-führt:

⇒ bei Einlieferung (trotz Notfall !) 45 min. frierend (!) in ihrem Haus in Notaufnahme (!) liegen lassen

⇒ eine Schwester sah zwar oft und regelmäßig nach mir und wollte nach Arzt fragen bzw. zu mir schicken, ob er mir wegen starker

Schmerzen ein Schmerzmittel geben könne

⇒ Sie kam dann wieder und meinte wortwörtlich: „Es tut mir sehr leid Herr Bade, aber der Arzt hat gemeint, er müsse jetzt erst Visite machen !"

⇒ Visite ist zwar auch wichtig, doch ist ein Notfall denn nicht wichtiger ?!

⇒ endlich auf dem Zimmer (Nr.: 2416) angekommen, lag ich noch einige Zeit recht unbequem, da man meine große Reisetasche auf das Fußende des Bettes stellte und ich somit nicht meine Beine ausstrecken konnte und ich war nicht in der Lage, die Tasche selber runter zu stellen oder per Notklingel Hilfe zu holen

⇒ nach endlos erscheinenden Minuten besann man sich vermutlich auf mich und räumte die Reisetasche weg, sodass ich endlich die Beine ausstrecken konnte

⇒ als sehr störend empfand ich, dass im Zweibettzimmer mein Zimmergefährte sehr laut Fern-

47

seher hörte, ihm ist ja kein Vor-
wurf zu machen, aber die
Schwester, die mich aufs Zimmer
brachte, hätte ihm sagen können,
mehr Rücksicht auszuüben, leiser zu
machen oder die vorhandenen (!)
Kopfhörer zu verwenden

⇒ des weiteren möchte ich dringend (!)
bemängeln, dass ich nicht nach
einem Getränk (z.B. Wasser oder
Ähnlichem) gefragt wurde oder
ob mir vielleicht kalt wäre

⇒ auch fehlte die Information, wie
ich mich im Notfall oder bei Be-
schwerden zu verhalten hätte
(Hier wäre besonders erwäh-
nenswert gewesen, wo der Not-
knopf (Klingel) sich befindet und
welche Taste auszulösen ist !)

⇒ nach vielleicht 60-80 Min., nach
der Notaufnahme, gab man mir
endlich etwas gegen die unerträglichen (!) Schmerzen

⇒ lobenswert sei hier erwähnt, dass
eine Schwester mir alternativ
feuchte Augenkompressen zur
Linderung der Augenschmerzen
anbot

⇒ möchte bemängeln, dass die selbstständige (!) Information der Schwester fehlte, wo, ob und was es zu trinken gibt (so dass man erst selber nachhaken muss - und wenn man nicht in der Lage ist...)

⇒ und um dann auch noch festzustellen, dass kein Mineralwasser mehr verfügbar ist

⇒ Müssten nicht ausreichend Getränke vorrätig sein?

⇒ Zumal man bei Ersteinlieferung völlig hilflos ist, sich selber zu kümmern !

⇒ Als sehr störend empfand ich in der ersten Nacht, dass ich in einem völlig stickigen Zimmer (überheizt, Heizungsstellung auf 3,5 !) verbringen musste.

⇒ Wegen meiner Benommenheit durch die Schmerzen und erste Eindrücke (wegen erstmaligen Krankenhausaufenthalt überhaupt) meinen dringenden Wunsch nach frischer Luft usw. nicht nachkommen konnte.

⇒ Hier wäre für die Zukunft sehr wünschenswert, dass eine Schwester
abends (selbständig!) kurz durchlüften würde.

⇒ ...um auch unnötige Reibereien mit Zimmergenossen auszuschließen

⇒ auch früh müsste durch das Personal durchgelüftet werden. **Wegen den genannten Umständen war ich eher nicht in der Lage, meinen Wünschen Nachdruck zu verleihen !**

⇒ mein Bettnachbar schlief die ganze Nacht mit Licht

⇒ Was ich wegen starkem Augendruck, Kopfschmerz, Schlaflosigkeit, innerer Unruhe als sehr störend empfand !

⇒ Hier müssten die Schwestern abends noch mal reinschauen und fragen, ob alles okay ist und ob Licht wegen Nachtruhe gelöscht werden kann.

⇒ Wenn man schon selber nicht in der Lage ist, sich mitzuteilen, muss denn nicht durch die

Schwestern die Nachtruhe gewährleistet werden ?!

⇒ Nach der ersten (unmöglichen) Nacht, freute ich mich auf ein erstes Essen, zumal ich mehrmals erwähnte, dass ich am Vorabend der Einlieferung nichts gegessen hatte und ich großen Hunger verspürte.

⇒ doch leider fiel das Frühstück sehr mager aus

⇒ das erste Mittagessen war wohlschmeckend und ausreichend

⇒ habe mir Zeit gelassen beim Essen, bin wohl kurz eingenickt und wollte danach den Joghurt noch essen, doch man räumte ohne zu fragen (!) ab und nahm mir den Joghurt weg

⇒ also musste ich hungrig bleiben

⇒ gestern am Sonntag, den 05.01.2003 bot man mir zum Kaffeetrinken (Nachmittags) folgende Auswahl an: Kaffee schwarz, Kaffee weiß oder Tee

⇒ soweit, so gut, doch kein Kleinkuchen, Keks, Gebäck oder Brötchen dazu, dass war nicht so gut, denn so musste ich wieder bis zum Abendbrot hungrig bleiben

Montag, der **06.01.2003 Gefäß-untersuchung (Röntgen mit Kontrastmittel-Spritzung):**

⇒ **Ganz großes Lob für dieses gesamte Team !**

⇒ Eine sehr, sehr nette, warmherzige Betreuung, mit sehr informativen Aufklärungsgesprächen, die mit großen Einfühlungsvermögen, Freundlichkeit, Fachwissen und Kompetenz die Erwartungsangst des Patienten minimiert !

⇒ Als sehr angenehm empfand ich auch, die Musikbegleitung im Untersuchungsraum !

⇒ Weniger nett war, dass kein Tageslicht (da keine Fenster vorhanden waren) den Raum erhellte und man das Gefühl hatte, in einer Art „Keller" behandelt zu werden.

⇒ Die Schwestern, die vermutlich längere Zeit in dieser Atmosphäre verbringen müssen, bestätigten diese eher unangenehmen Arbeitsbedingungen ohne Fenster !

⇒ Mein Zweibettzimmer Nr.: 2416 war sehr hell, freundlich, sauber und angenehm ruhig gelegen.

⇒ Die Ausstattung mit komfortablen Bad, Fernseher und Telefon am Bett war sehr gut !

⇒ Als kleine Anregung (vielleicht für alle Zimmer?!), würde ich empfehlen, die Wände, besonders gegenüber vom Blickfeld der Betten wesentlich freundlicher, z. B. mit farbenfrohen Bildern, Fotos oder Ähnlichem zu gestalten.

⇒ Denn die kahlen, nackten, weißen Wände langweilen und befremden eher.

⇒ Mein Tipp: Da die Anschaffungskosten auf ein Minimum reduziert werden sollten, würde ich vorschlagen, an Schulen einen Aufruf zu starten, dass die Schulkinder farbenfrohe, lustige Bilder malen und diese auch somit präsentieren können. (Vermutlich mit geringstem Kostenaufwand (!) für Sie verbunden, da nur Kosten für

Anbringung und Montage entstehen.)

⇒ Einmal, als die Reinigungsfirma sauber machte und ich am Tisch Mittag zu mir nahm, wurden neben mir die Fensterbretter mit einem Staubwedel gereinigt. Es ging so schnell, dass man nicht protestieren konnte ! Wenn man im Bett Essen zu sich nimmt, ist es egal oder relativ. Mir leuchtet zwar ein, dass man keine Zeit hat, aber der Staub wird ja regelrecht durch den Staubwedel aufgewirbelt und wer da nicht in der Lage ist zu reagieren, isst den Staub mit. Wenn es schon so organisiert ist, dass zu Essenzeiten gereinigt wird, hätte man da nicht Rücksicht ausüben können ?

⇒ Oder man hätte wenigstens gesagt, dass man das Essen wegnehmen oder abdecken soll.

⇒ Ich bin sicherlich nicht der einzige Patient, der vor jedem „Piekser" gewissen Respekt zollt, um so bedauerlicher empfinde ich den Zustand, dass man 2 x mit der

Thrombose-Spritze in die Bauch-decke spritzten musste, nur weil - wie die Schwester meinte - die für mich erforderliche Größe nicht vorhanden war. Sie meinte, dass es sonst 3 verschiedene Dosen / Größen / Mengeneinheiten gibt, aber sie müsse leider 2 x sprit-zen, da wie gesagt meine richtige nicht da war. (06.01.2003) Wo-durch zusätzliche, aber durchaus vermeidbare / reduzierbare (!) Unannehmlichkeiten und Schmerzen entstanden.

⇒ Man sollte doch versuchen, dem Patienten - wenn es für Sie auch lapidar oder lächerlich erscheinen mag - so wenig wie nötig zusätz-liche „Schmerzen" zuzumuten ! Oder ?

⇒ Sehr bedauerlich fand ich, dass ein OP-Faden am Kopf „verges-sen" wurde. Dieser wurde nach meiner Entlassung am 12.07.2003 aus ihrem Haus, durch den **Arzt Herrn Dr. M. Seyffert** aus Wilsdruff, am 18.07.2003 „gezogen" / entfernt.

**Ganz großes Lob und vielen, herz-
lichen Dank an Frau Prof. Dr. ...
und ihr Team, die mich operiert hat
/ haben !**

Als Dank schickte man mir 3 Briefmarken zu je
55 Cent. Bedankte sich für meine ausführlichen
Schilderungen und versicherte mir, jedem Hin-
weis nachzugehen.

Bei der ersten Augenoperation bin ich noch sehr skeptisch gewesen, aber auch ängstlich herangegangen ! Meine Angst begründete sich wohl damit, dass es ein weiterer Eingriff (Operation) ist. Jede Operation birgt ja ein gewisses Risiko ! Mir kam der Gedanke, wenn etwas „schiefgeht", mit verlorenen Geruchssinn, Taubheit oder keinen Geschmackssinn könnte „man noch leben" / umgehen. Doch wenn das Augenlicht beeinträchtigt wird oder wenn man es sogar ganz verliert…! Es wäre für mich – und bestimmt für jeden Menschen – das Schlimmste !!! Nun, bei der zweiten Operation sind die Bedenken und die Angst gewichen. Zwar nicht völlig, aber ich habe gutes Vertrauen zu den Ärzten und ich weiß ja jetzt, was auf mich zukommt.

Zweite Augenmuskel – OP: Die Operation dauerte etwa 1 – 1,5 Stunden, wie man meinte. Es ist zum Glück alles positiv verlaufen ! Ich war nur einen Tag stationär. Am nächsten Tag (nach der Operation), wurde ich gründlich untersucht. Die Ärzte waren sehr zufrieden ! Man meinte: „wenn es bereits nach so kurzer Zeit so gut aussieht, könne man von einer weiteren OP absehen" ! Eine Enduntersuchung findet 48 Tage nach dem Eingriff, am 16.01.2008 statt. Aber zuvor untersuchte mich 2 x meine „Hausaugenärztin". Bei der 2. Augen – OP sah mein operiertes Auge wesentlich „ungefährlicher" aus ! Wie man das nachfolgend sehen kann. Diese Aufnahme ist das erste Bild (noch im Krankenhaus) am nächsten Tag, nach der Operation.

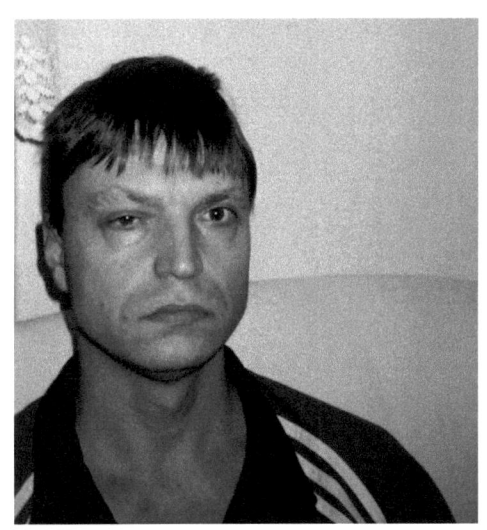

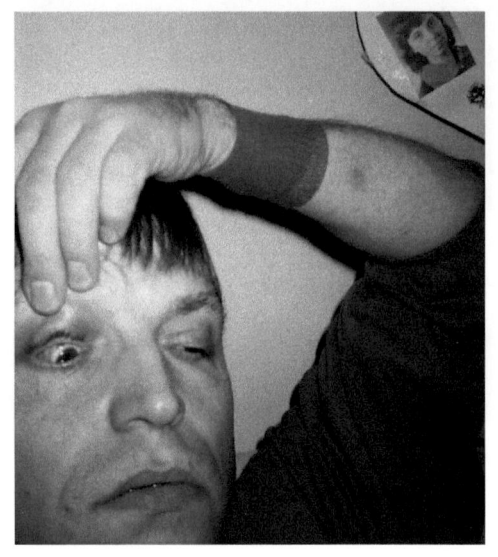

Nun – nach den Operationen – ist vieles anders…

Zum Beispiel kämme ich mir die Haare mit der linken Hand, obwohl ich ja eigentlich Rechtshänder bin oder besser gesagt: war. Auch wenn ich mich eisern zwinge, den „inneren Schweinehund" zu besiegen und die Dominanz der linken Hand zu unterdrücken, fällt mir dieses sehr schwer ! Aber auch beim Treppensteigen geht es wesentlich flotter und besser, wenn ich mich am Geländer festhalte. Außerdem hebe ich das rechte Bein höher als notwendig beim Hinaufgehen.

Auch stellt das Tippen am PC ein Problem für mich dar. Ich muss alles per „Ein – Finger – Suchsystem" und mit der linken Hand schreiben. Mit der rechten Hand wäre es nun ganz wesentlich langsamer und es würden sich sehr, sehr viele Fehler „einschleichen" !

Was mich auch sehr belastet ist, dass ich mit der rechten Hand sehr schlecht ein Feuerzeug (mit Wetzstein) bedienen oder Streichhölzer anzünden kann.

Durch die Operationen bin ich – wie bereits erwähnt – verstärkt Linkshänder geworden. Doch zur Rehabilitation sagte man mir, dass ich (wieder) lernen werde und versuchen solle, verstärkt die rechte Hand einzusetzen.

Was sich nun durch die Operation geändert hat:

Auch wenn es für manche „lapidar" erscheinen mag, so habe ich nun mit einigen Einschränkungen und „Handicaps" zu leben und damit zu recht zu kommen ! So zum Beispiel muss ich mich beim Schuhan- oder Ausziehen mit einer Hand festhalten. Dies ist sehr wichtig bei schweren Arbeitsschuhen oder hohen, festen und „straffem" Schuhwerk. Wenn ich im Laufen versuche, den Reißverschluss von der Jacke einzufädeln (egal ob schließen oder öffnen), so muss ich stehen bleiben, weil es sonst partout nicht gehen mag.

Besonders arg ist es, wenn ich mit der rechten Hand ein Streichholz an der Reibefläche von der Streichholzschachtel anzünden will.

Dann geht es entweder sehr, sehr schwierig, überhaupt nicht, oder es bricht sogar die Kuppe vom Streichholz ab. Wenn ich während dem Laufen (extrem) nach oben in die Luft sehe oder zurückblicke, wird mir schwindelig und ich „sehe Sterne". Ich habe eben sehr mit dem Gleichgewicht zu tun !

Oder wenn ich im Gehen auf die Armbanduhr sehe, ist dies sehr schwierig ! Was mir auch große Probleme bereitet, ist das Aufstehen, sowie auch das Bücken. Dabei wird mir manchmal schwindelig und ich habe verstärkt mit der Balance zu tun. Was mir auf Arbeit – mehr oder weniger – Probleme bereitet, ist das Zerstampfen bzw. Flachtreten eines Pappkartons. Auch hier ist es sehr wichtig für mich, wenn ich mich mit einer Hand festhalte, um die Balance halten zu können !

Nun muss ich besonders beim Autofahren, den Kopf nicht mehr so "extrem drehen" und beim Fernsehen - im Sitzen oder auch Liegen - nicht mehr "eine gewisse Position einnehmen" bzw. den Kopf "schiefhalten".

Meine "Mitmenschen" meinen, dass ich nun "aufrechter" gehe und den Kopf "gerade" halte. Aber nun tränen - besonders bei heftigen oder "scharfen" Wind - beide Augen vermehrt und die Nase läuft. Außerdem ist mein rechtes Augenlied (oben) noch etwas geschwollen. Aber bestimmt gibt sich das noch ! Wenn nicht, ist auch nicht so sehr schlimm. Das wäre das „geringste Übel".

Weitere Probleme, welche die Einschränkungen deutlich spürbar machen, sind zum Beispiel das Krabbeln des Auges. Hier kann ich nur die linke Hand benutzen, um vielleicht den etwaigen Fremdkörper zu entfernen.

Sowie auch, wenn ich mir die Haare kämme, was auch nur mit der linken Hand möglich ist.

Beim Radfahren muss ich mich voll konzentrieren, um die Balance zu halten und nicht etwa zu taumeln. Wenn ich mit Licht fahre und während der Fahrt - zur Kontrolle - nach hinten schaue, um das Rücklicht zu kontrollieren, dann ist es auch extrem schwierig, die Balance zu halten !

Überhaupt beim Radfahren ist es kompliziert für mich, wenn ich abbiegen will, um die Straße zu überqueren. Dann ist es manchmal

besser und auch sicherer, wenn ich kurz an-
halte.

Aber es ist wohl das geringste Problem für
mich, wenn man bedenkt, dass ich erst überhaupt nicht Radfahren konnte…!

Ein sehr großes Problem stellt es dar, wenn
ich volle Gläser, Tassen, Teller oder ein volles
Tablett tragen muss. Dann geht es – wenn
überhaupt – nur ganz, ganz langsam und
äußerst schwierig ! Wenn ich ein Blatt von
einem Abreißkalender abziehe oder ein Buch,
Zeitung usw. umblättern muss, gestaltet es
sich auch hier als sehr schwierig. Oder auch
wenn ich im Stehen Socken an- oder ausziehen möchte, denn dies ist ebenfalls nur mit
großer Mühe machbar.

Dann habe ich ein Küchenradio, welches als
Ein / Ausschalter und zur Lautstärkeregelung
einen Schiebeschalter hat. Da dieser wohl
auch etwas straff geht, bin ich mit der linken
Hand wesentlich geschickter. Zum Schluss
möchte ich noch aufzählen, dass es beim
Treppensteigen besser ist, wenn ich mich am
Geländer festhalte. Dies ist ganz besonders

wichtig, wenn ich es eilig habe oder wenn es eine „komplizierte" Treppe ist.

Zu guter Letzt möchte ich noch sagen, dass ich nun „das Leben mit anderen Augen sehe", ein ganz anderes Verhältnis zum Leben habe !

Hier ein Spruch, der wohl treffend ist !

„Drei Dinge helfen, die Mühseligkeiten des Lebens zu tragen:
Die Hoffnung, der Schlaf und das Lachen. "
(Immanuel Kant)

In diesem Sinne…!

Impressum:

© 2008 Jens Bade

Herstellung und Verlag: Books on Demand GmbH, Norderstedt

ISBN: 978-3-837-009729

> **Bibliografische Information der Deutschen Nationalbibliothek**
> Die Deutsche Nationalbibliothek verzeichnet diese Publikation in der Deutschen Nationalbibliografie; detaillierte bibliografische Daten sind im Internet über http://dnb.d-nb.de abrufbar.

Über Meinungen, „Erfahrungsaustausch" usw. würde ich mich freuen !
Dann schreiben Sie bitte per E-Mail an:
info@jens-bade.de

und schauen Sie auf meine Homepage:
www.jens-bade.de .

DANK-SAGUNG

Sehr herzlich möchte ich mich bei der **Klinik Bavaria Kreischa** bedanken, die dieses Projekt finanziell unterstützt !

Schauen sie doch bitte auf die sehr wissenswerte, informative Website / Homepage:

www.klinik-bavaria.de

Kontakt: info@klinik-bavaria.de

Kostenfreie Hotline: 0800 573474

Ganz, ganz herzlich möchte ich
mich außerdem bei **Herrn
Matthias Schlönvogt** bedanken !
Durch seine intensive Bemühung,
großartige Unterstützung und Hilfe
ist es mir möglich geworden, dieses
Buchprojekt zu verwirklichen!
Schauen sie doch bitte auf seine
interessante Homepage:
http://www.mediartist.de

Außerdem möchte ich mich sehr bei
der **Physiotherapie Schubert &
Weber** in Grumbach bedanken,
die dieses Buch
ebenfalls unterstützten!
Telefon: 03 52 04 – 79 28 60
Telefax: 03 52 04 – 79 28 61
E-Mail: physioteam-
grumbach@web.de

Seit einiger Zeit bin ich im **„HirnTumor Diskussionsforum"** aktiv. Man erreicht es im Internet unter folgendem Link:

www.mc600.de/forum/

Ein sehr interessantes Forum !
Hier findet man sehr wichtige Tipps, Hinweise, Anregungen und wissenschaftlich fundierte Informationen, Klinikbewertungen, rechtliche Hinweise, Adressen, weitere hilfreiche Links usw…
Außerdem ist es gut, immer „ein offenes Ohr" zu finden, sei es von Betroffenen, Interessierten oder Gästen !

Anmerkung des Schreibers:

Für etwaige Layout-, Orthographie-, Ausdrucks-, Grammatik- und sonstige Fehler möchte ich mich entschuldigen. Ich bin kein gelernter Autor.

geschrieben: im Juli / August 2005 – Mai 2008